作者简介：

哥布，1964年出生，云南元阳县人，哈尼族，现居蒙自。用哈尼文和汉文写作。出版有《母语》《神圣的村庄》《大地雕塑——哈尼梯田文化解读》等诗歌、散文作品10部。散文《歌声的梯田》入选全国民族类高等教育统编教材《大学语文》。有作品获第五届全国少数民族文学创作骏马奖，第一、第二、第四届云南省文学艺术创作奖励基金奖，首届《民族文学》年度诗歌奖，第九届湄公河流域国家文学奖等。

新中国成立七十周年献礼丛书

醒来的西隆山

哥　布／著

云南出版集团　云南人民出版社

图书在版编目（CIP）数据

醒来的西隆山 / 哥布著. -- 昆明：云南人民出版社，2019.12

（新中国成立七十周年献礼丛书）

ISBN 978-7-222-18994-2

Ⅰ. ①醒… Ⅱ. ①哥… Ⅲ. ①拉祜族－叙事诗－中国－当代 Ⅳ. ①I227.3

中国版本图书馆CIP数据核字(2019)第267138号

策　　划：云南省作家协会

责任编辑：苏映华　刘　焰
装帧设计：李乐乐　熊小熊
责任校对：姚实名
责任印制：窦雪松

新中国成立七十周年献礼丛书

XING LAI DE XILONG SHAN
醒来的西隆山
哥　布/著

出　版　云南出版集团　云南人民出版社
发　行　云南人民出版社
社　址　昆明市环城西路609号
邮　编　650034
网　址　www.ynpph.com.cn
E-mail　ynrms@sina.com
开　本　889mm×1194mm　1/32
印　张　5.625
字　数　50千
版　次　2019年12月第1版第1次印刷
印　刷　昆明美林彩印包装有限公司
书　号　ISBN 978-7-222-18994-2
定　价　35.00元

如需购买图书、反馈意见，请与我社联系
总编室：0871-64109126　发行部：0871-64108507　审校部：0871-64164626　印制部：0871-64191534

云南人民出版社微信公众号

目　录

引

1

白云在天上游
轻风在林里走
太阳照耀山岗
我的心里
满满都是亮光
和无尽的山梁

2

这是中国南部的云南省
这是云南南部的金平县
它与越南紧紧相连
边境耸立着高高的西隆山
那里原始森林浩瀚无边

那里是野生动物快乐的家园
世世代代的（拉祜族）苦聪人[①]
在这里隐藏，一年又一年
在文明的外围
在人类的边缘

3

传说他们从葫芦里出来
是天神厄莎的孩子[②]
其实他们是古羌的后裔
从遥远的西北向南迁徙
操着古老的彝语支话语
守着祖传的神圣的姓氏
不知什么原因
也不记得什么时日
也许是无心
或者是有意
人类把自己的兄弟

① 苦聪人：居住于云南哀牢山、无量山一带，新中国成立前其社会形态处于原始社会末期，在原始森林中游猎轮耕。新中国成立后党和政府帮助他们定居定耕、大力发展生产、提高生活水平，1985 年归入拉祜族。

② 厄莎：拉祜族神话中的天神。

遗忘在了茫茫的森林里

4

向猴子学习爬树
与狼群斗智斗勇
有时候必须装死
才能够对付狗熊
漂亮的白鹇鸟啊
你是美好生活的象征
憨愣愣的斑鸠，时常
从蕉叶棚旁边的草丛
惊飞，栖息在远处的树枝上
回眸一望，向主人致敬

5

身在密林深处，厄莎
却没有教会他们建盖房屋
风说：用篱笆墙把我挡住

雨说：用芭蕉叶将我遮住
于是僻静的山林里
有了零星的芭蕉屋
一个火塘温暖着一座森林
一群苦聪活跃了整个山麓
冬天蜷缩在枯叶堆里
夏天躺在屋里，把
天上的星星数了又数
神一样的芭蕉屋啊
史诗般的庙宇
装满了苦聪人
全部的欢乐和痛苦

6

有时席地而坐
畅饮自酿的米酒
有时独狼闯入芭蕉屋
把酣睡的小孩叼走

有时打下老虎
举寨狂欢，唱歌跳舞
有时被老熊撕咬
浑身血肉模糊……

7
我本来想讲述
一个夫妻般美妙的
人与自然的关系
不料我撞见了
满山的厮杀与血腥
现实告诉我
首先处理好
人与人之间的关系
才能处理好
人与自然的关系

8
于是，我邀请他们

来讲述关于西隆山
关于苦聪人的故事——
拉祜族苦聪人李干斗先生
拉祜族苦聪人女巫莫奔女士
拉祜族苦聪人老族长先生
解放军战士尹子强
苦聪人访问团团长高正学
汉族老师和省委书记
脱贫攻坚驻村工作队队长等
我只是历史的书记员
我只是时间的笔记本
让历史说话
让时间开口——

一、厄莎的孩子[①]

① 本节关于厄莎创造世界、创造人类的神话，参见拉祜族史诗《牡帕密帕》和民间故事《牡帕密帕》。

很久很久以前
没有世界
没有天空
也没有大地
没有太阳和月亮
没有人类
没有动物和植物
甚至没有宇宙
直到天神厄莎出现

厄莎一开始只有
头发丝那么大
他翻一个跟斗
身子就变大了
变得像屯粮食的

竹围一样大
他伸一伸懒腰
身子就变长了
变得像森林中的
大树一样长
他抖一抖身子
就长出了俊俏的五官
和灵活的四肢
慢慢地长成了天神
创造和管理着
世间的万事万物

厄莎先做了天
做了山川河流
做了日月星辰
做了动物植物
然后栽了一棵葫芦藤
结出一个大大的葫芦
葫芦里走出一对兄妹

俩兄妹在厄莎授意下
结婚并生出了
许许多多的孩子
从此大地上
有了许许多多的人
热闹非凡
厄莎开心极了
把他们分成不同的民族
赐予他们五彩缤纷的语言
赐予他们绚丽多姿的风俗习惯
于是，开满鲜花的大地上
有了拉祜族、哈尼族、傣族
有了汉族、傈僳族、白族
有了佤族、壮族、彝族
各民族在高山峡谷唱歌跳舞
数不清的节日
数不清的礼俗
染绿了高山
填满了峡谷

丰富了世界
美丽了山麓

天空在欢笑
大地在唱歌
厄莎陶醉于
自己创造的欢乐
全然忘记了
遗落在原始森林中的孩子
——苦聪人
忘了赐给他们食物
忘了赐给他们衣服
忘了赐给他们房屋
甚至忘了赐给他们
万能的火
千百年，千百年
他们存在于
与世隔绝的密林深处
与草木为伴

和野兽为伍
穿着树叶和兽皮
吃着野果
住着不遮风不挡雨的
芭蕉叶的棚子
看不到未来
看不见一丝生活的阳光
为活命而费尽心力
为当下而绞尽脑汁
是野兽眼中的人类
是人类眼中的野人
千百年，千百年
存在于人们
隐隐约约的传说
千百年，千百年
存在于外界
似有似无的猜测
世界的日新月异
与他们无关

仿佛万能的厄莎
从未创造
悲苦的苦聪人

18 世纪发生工业革命
人类开始了用机器生产
他们甚至还没有铁器
爱迪生发明电灯
光明之神莅临大地
他们却用松木和细竹照明
卡尔·本茨发明汽车
便利了人类的交通
他们在弹丸之地的
深山老林来回游迁
地球上革命不断爆发
人世间政权不断更迭
他们以火塘为中心
以族长为领袖
他们最大的政治是

三五户人家
集中力量围猎
猎获大猎物
举寨狂欢
有了大家吃
没有大家饿
有了一顿干
没有就烧火向[1]

其实他们来自西北高原
源于古代羌人
人称“锅搓蛮”
曾经在丰美的草原
放牧羊群，或者
追逐狡黠的野狼
风吹草低见牛羊
阿哥阿妹情意长
也许生活不尽人意
也许诗歌和梦想在远方

①烧火向：方言，即烤火。

他们又辗转迁徙到云南
分布于澜沧江、红河、李仙江
男耕女织，起屋盖房
猎虎、射松鼠、逮岩羊
撒旱谷、种水稻、栽苦荞
男婚女嫁，情意绵长
其实他们曾经幸福
生活曾经充满阳光
也许是部族战争
或者是瘴疠恶疾
迫使他们离开家园
跨过一道又一道山梁
离群索居，找寻
属于自己的平和与安宁
日出日落，草枯草绿
一些人出生一些人死去
生生死死，哭哭笑笑
不知道过了多少日子
不知道过了多少年代

蓦然回首，发现
他们丢失了自己
忘记了家谱和祭词
忘记了如何缝补衣服
忘记了怎样建盖房子
忘记了社交礼节
以及烦琐的农事
正如住在山洞里
整天疯疯癫癫的女巫莫奔
对着森林所唱
“我不知道我从哪里来
也不知道要到哪里去
我忘记了我的祖先是谁
我不记得我先师的模样
每天穿梭在树林间
做梦一样浑浑噩噩
天神厄莎啊
给我一个活着的理由
天神厄莎啊

指给我行进的方向”
他们被世界遗忘
被人类抛弃
他们是被厄莎
遗落在原始森林的
可怜的孩子

二、家住西隆山

西隆山，西隆山
海拔 3074.3 米
位于金平县西部
者米拉祜族乡南沿
滇南最高的山峰
伫立在边境线
一半在中国
一半在越南
是 1000 多种植物
和无数野生动物的乐园
世世代代的苦聪人
家住西隆山

李干斗睁开眼睛
看到一片绿色的阳光

空气中弥漫着
草木的清香
做鬼脸的猴子
单手吊在树枝上
他感觉到，野猪
从山谷悄悄溜向远方
他朝树上的鸟儿一笑
鸟儿的叫声更加嘹亮
他梦见岩石下的巨蟒
正在慢慢地蠕动身体
仿佛是神的化身

森林中的婴儿
李干斗，在
兽皮的襁褓中
伸伸懒腰
蹬蹬小腿
在蕉叶棚里
火堆燃烧

青烟满屋
火堆旁的枯草上
他手脚并用
迈开了最初的步伐
迈开了与深山老林
与大自然为伍的一生

李干斗的出生
是住在山洞里的女巫莫奔
最乐意看到的事件
那时她还年轻
腰间系着树叶做的短裙
长长的头发乌黑而凌乱
经年赤裸的上身
日晒雨淋而皮开肉绽
丰硕的乳房
黝黑而坚挺
有一种欲望
从她内心深处涌出

弥漫在整个森林——
她想哺育这个孩子
——其实她想哺育
所有的孩子
让自己浓郁的母爱
温暖这个残酷的世界
住在山洞里的女巫莫奔
于是对着山川河流
对着李干斗家
低矮的蕉叶棚
满怀深情歌唱
“小小的孩子啊
你是世界上最美的精灵
小小的孩子啊
你是我所有梦想的化身
山花和露珠的笑容
山岗和蓝天的心跳
我以一世的目光追随你
在西隆山的每一个旮旯

愿你强壮如林中的虎狼
愿你清澈如山涧的泉水
愿你粗犷如夏天的风暴
愿你柔情如冬天的阳光”

秋天，他们
把现居住地的苞谷收完
刚好能够度过一个冬天
在冬天晴朗的日子里
男人去寻找新的耕地
和新的居住地
在新耕地上砍几棵树标记
意思是：这块地已有主人
他人勿动
春天，游迁的季节到了
背箩里装着简单的家具
背上弩和箭筒出发
没有人回头
没有人留恋

饲养多年的老母猪
随人游迁过无数地方
此刻自觉跟在后面
母亲光滑的脊背上
李干斗心旷神怡
嗷嗷欢叫
在步行的节奏里
慢慢入睡
醒来的时候
看见前面有一条小河
父亲砍了一棵树
搭起独木桥
摇摇晃晃的桥啊
驮着人们过河
小心翼翼的桥啊
驮过了一人二人三人
李干斗嗷嗷唱着
谁也听不懂的歌
在河的这头

等待老母猪过桥
（女巫莫奔曾经
给老母猪献歌一首——
你是我们最亲的亲戚
你是我们唯一的财富
你和我们一起吃野菜
一起睡草堆
我们是相亲相爱的一家
我在山上想着你
我在河边想着你
当我们搬走
从这座山坡
到那座山坡
只要“噜”地喊你一声
你就高兴地跟我们走）
一家人没有悲伤
也不兴高采烈
平淡得就像
一次普通的旅行

到达目的地
找一块稍微平整的地
放下背篓，放下小孩
放下弓箭，放下疲惫
砍来树杈，砍来竹子
砍来宽大的芭蕉叶
搭建起新的蕉叶棚
拿出多年前曾祖父
用八只松鼠干巴
换来的打火石
燃起炊烟，燃起
人世间的温暖
和新生活的希望

是的，火即是希望
深山老林中如果没有火
意味着黑暗和恐惧
意味着失意和孤独
它照亮的，不是

一个小小的棚子
而是许许多多心
从前李干斗的曾祖父
曾经忍痛
用八只松鼠干巴
从山下一个
傣族老人手里
换取一块打火石
那是一个初秋午后
当山上的苞谷
还没有饱满
山下河底的稻谷
已经成熟，满谷金黄
曾祖父提着八只松鼠干巴
想要换取一些食物
或者衣服
一如往常，他
把松鼠干巴放在路口
没有衣服羞于见人

就躲在远处观察
心里祈祷着——
过路的人啊
把松鼠干巴带走吧
把你们的物品留下
透过草丛，他看见
一个放牛的傣族老人
脱了上衣在树荫下乘凉
从上衣口袋掏出
一块石头（是的
一块石头）在一个
金属上一擦
点燃了旱烟
没错，就这么轻而易举
点燃了旱烟
他第一次看到
如此神奇的石头
恐惧又惊奇
苦聪人钻木取火

也要一顿饭的时间
这肯定是妖术
傣家人的妖术
他的心力专注于
这块小小的石头
要是能拥有它
该是一件多么骄傲的事
于是飞快跑到路口
把松鼠干巴拿回来
悄悄接近放牛老人
趁老人离开树荫去赶牛
他从上衣口袋拿走
那块神秘的石头
把松鼠干巴留下
飞一样跑回了
山上的蕉叶棚
气喘吁吁躺在草堆上
这块石头的到来
让老老少少的苦聪人

足足兴奋了一个月
老人们拿着它
对着太阳看了又看
曾祖父对众人一遍遍
演示着打火的方法
先是一把干燥的火草
（学名鼠麴草，又名清明菜）
放在手心搓成絮状
左手拿着金属块和火草
用右手的石头击打金属块
火星落在火草上
一会儿缕缕青烟飘起
人们看了一遍又一遍
啧啧称赞，惊喜万分
远远近近的苦聪人
以一睹它为荣
曾祖父的蕉叶棚
被前来参观石头的人挤垮
人们高兴地为他

重新建了一座更结实的房屋
人们沿路采来的火草
堆满了曾祖父的新叶棚
一块小小的石头
把苦聪人的生活
向前推进一大步
多年以后
李干斗的曾祖父
带着英雄的光环去世
多年以后，女巫莫奔
凭借她模糊的记忆
和对曾祖父的崇拜
歌颂了他的伟大壮举
歌颂了神奇的打火石

搭起新棚子
立起三个支锅的石头
安顿好祖先的神牌
升起原始森林中

孤独而袅袅的炊烟
就安家扎寨了
对于他们而言
大地上任何地方
都不过是临时住所
那颗流浪的心
无处安居

父亲站在蕉叶棚前
抱着李干斗瞭望山坡
有一句没一句说着话
他的注意力在眼前的坡上
他在心里画了一个圈
圈内一整片山坡
是他新的苞谷地
那里的大树小草
过几天便会
横七竖八躺下
然后干枯，然后

一把火成为灰烬
没有锄头挖地
他们用木具
在草木灰和腐殖土上
打坑、点种、盖土
他们在坡脚栽种
成群的猴子在坡头
刨土里的种子吃
他们补种，猴子刨吃
甚至李干斗手里的
野葡萄也被它们抢去
如此再三，急坏苦聪
有人想出了妙计——
砍来一节竹子
靠近竹节处砍开一个口子
入竹身近一半
又从前端将竹子对半破开
破到竹节开口处
让它断而不裂

摇之上下晃动
发出啪啪之声
人们拿着竹子
站在地头摇晃
竹子的啪啪声
加上人们威胁的呐喊
再用树叶扎成人状
挂上竹竿插在地中间
猴群害怕了
再也没有来抢苞谷种吃
苞谷长高了
野猪来吃苞谷秆
李干斗的父亲
用毒箭打死了两头
苞谷成熟了
老熊跑来吃
李干斗的父亲
用毒箭打死了一头
苞谷将熟未熟之际

松鼠们赶集一样
进进出出，上蹿下跳
每一包苞谷都咬一下
李干斗的父亲
用弩打死无数
苦聪人的苞谷
人和动物各分一半

下完苞谷种
蕉叶棚里已经
没有一粒粮食
他们把生的希望
全部交给了大山
交给了野生动植物
蕨菜、芭蕉根、山药
松鼠、野猪、小鸟
都是他们的口粮
其中山药是最可靠
也是百吃不厌的食物

每发现一蓬山药
李干斗的父亲
就用木棍在地上
挖出一点痕迹
告诉路过的人
这山药已有主人
其他人看见了
就会绕道而走
等待有了空闲
带上母亲
带上削尖的木棍
背上背篓
还习惯性地
带上弩箭
这蓬山药不知有几根
这蓬山药不知长多深
一木棍戳下去
撬起一堆土
戳啊戳，撬啊撬

土坑挖得比人高
戳啊戳，撬啊撬
土坑挖得比蕉叶棚大
戳啊戳，撬啊撬
白白的山药出来了
长长的山药见底了
戳啊戳，撬啊撬
太阳就要落山了
手杆儿一样粗的山药
牛尾巴一样长的山药
粗粗细细，长长短短
装满了背箩，装满了
那颗空落落的心

五黄六月的美食[①]
还有嗡嗡作响的蜂子
勤劳的工蜂无处不在
它们的家究竟在哪里
无人知晓。这是

① 五黄六月：指夏天青黄不接之际。

它们的最高机密
李干斗的父亲
那是蜂子的天敌
再聪明的蜂子
也无法隐瞒
自己的住址
他用一根小竹竿
一撮山鸡的白羽毛
一只蜻蜓，加上
一股葛根藤里取出的
白色纤维丝
抓住蜻蜓两边翅膀撕开
露出细细的肉
拴在竹竿一头
把葛根藤丝搓成一个扣子
一头拴上白羽毛
另一头扣在蜂子的细腰上
蜂子围着芭蕉花采蜜时
用蜻蜓引诱它

它在咬蜻蜓的时候
白羽毛已经扣在身上
蜂子抬着蜻蜓肉
心满意足地飞走
李干斗的父亲
就死死盯着
那一团飞翔的白色羽毛
羽毛在树林上空飞翔
李干斗的父亲
爬上高高的树干
一手拉住树枝
一手抬上额头遮挡太阳
羽毛飞啊飞
羽毛飞啊飞
越飞越远，越飞越小
消失在远处的树林里
李干斗的父亲
记住了羽毛的落点
那就是蜂巢的位置

他满心欢喜
连滑带跳爬下树来
赶到羽毛消失的地方搜索
十有八九都有满满的收获

秋天收了苞谷
在蕉叶棚里过一个冬天
当女巫莫奔找到他们
在他们家旁边的
大榕树树洞里住下
春天很快就来了
他们用背篓
收拾好家具
带上祖先的神牌
领着老母猪
牵着小孩子
搬到新的地方
走走停停
停停走走

从来没有人
走出大山
走走停停
停停走走
整个西隆山
都是他们的家

三、神秘的毒树

走走停停
停停走走
很多年以前
苦命的苦聪人
辗转来到西隆山
这里森林茂密
这里气候宜人
四周没有人烟
少了多少钩心斗角
少了多少尔虞我诈
少了多少争斗的烦恼
比这些更重要的是
山上到处都是
可以食用的植物
为他们减少了太多

生存的压力
于是流浪队伍中
最老的族长说
放下祖先的神牌
放下背上的孩子
把疲惫的心
也放下顿一顿
这里就是我们的家
我们将在这里死去
后代将在这里成长
余生所有智慧
将在这里开花

他们搭建房屋
他们开荒垦地

他们把随身带来的种子
播散进新鲜的土地
他们采集食物
野菜野果堆满蕉叶棚
然而，安逸的日子
没有过几天
挠心的事情接踵而至
先是地里的庄稼
被猴子刨
被老熊咬
被野猪拱
被大象踩
被松鼠啃
然后是家里的畜禽
被豹子抬
被老虎叼
被独狼拖
被蟒蛇吞
被黄鼠狼抓

甚至那些
跟跄学步的小孩
也会无端消失
再也不见踪影
大人们采野果时
如果碰到恶兽
要是远远看见
就得拼命逃跑
要是近距离偶遇
就要装死保命
完全听从命运安排
运气好的时候
恶兽感觉没有威胁
就会悄然走开
背时的人
会被咬得伤痕累累
浑身是血
有幸康复
也是面目全非

更倒霉的
就是丢掉性命
家人去找寻
拿回几绺头发
几块带血的骨头
人们哭天抢地
然而束手无策
他们的绝望魂魄
就像——
穿过火焰的飞蛾
热锅上的蚂蚁
沙漠上的花朵

老族长伤心欲绝
对着群山哭喊
“天神厄莎啊
您为什么抛弃我们
天神厄莎啊
人人都是爹妈生

苦聪也是肉长的
天神厄莎啊
您是苦聪的大神
请您显灵吧
救救灾难深重的人们”
就在老族长一筹莫展
决定再次迁徙之际
夜里他做了一个梦
一个须发苍苍的老人
告诉他，就在
离卡一天路程的[1]
西隆山的最深处
有一棵珍贵的树
小鸟飞过它的上空
就会掉下来
猛兽接近它
就会死亡
这棵树，可以
保护苦聪人

① 卡：拉祜族苦聪语，寨子的意思。

取它的汁
熬制成毒液
制作毒箭
抵御猛兽的侵害
千万注意
接近这棵树的人
一定要全身
包裹得严严实实
不能露出一点肉
说完，白须老人飘飘而去
老族长惊醒
仔细回忆梦境
每一个细节都很清楚
仿佛在现实中
一连几天晚上
他都做着同样的梦
一天比一天清晰
他竟然分不清
这到底是梦

还是现实生活
梦见白须老人后
老族长神清气爽
精神倍增。他明白
只有他能拯救苦聪
于水火之中
于是，他派几个
年轻力壮的人
背着山药饭
去梦中老人指点的地方
寻找那棵奇妙的树
凌晨打着火把出发
傍晚到达西隆山腹地
遵照老族长指示的细节
开始寻找神树
天很快黑了
他们没有找到
在树洞里住下
四周烧起火堆

防止野兽侵袭
第二天天一亮
他们又四处观察寻找
爬上大树眺望森林
发现一棵树的上空
不断有小鸟掉落
老族长的话耳旁响起
他们借遍
整个苦聪人的衣服裤子
把自己包裹起来
悄悄靠近那棵树
远远闻到一股
动物尸体腐烂的味道
越是靠近味道越浓
来到树下
看见无数鸟类
以及其他动物的尸体
堆满了树脚
他们在树身上

凿一个洞
用竹筒在下面接住
树汁一滴一滴
缓慢地往下滴
他们回到昨晚的树洞
往昨夜的火堆添了一些柴
他们整整守候了
一天一夜
老族长在蕉叶棚里
梦见他们找到了毒树
召集了一些老者
砍来最老的竹子
削出了最坚硬
最有穿透力的箭
在僻静的地方
烧起了一堆火
把那些削好的竹箭箭头
迅速在火灰里烫一下
使之更加坚硬

并且富有韧性
老人们还准备了一口锅
放在了火堆旁边
又过了一天一夜
取毒的人顺利返回
他们按照老族长的指点
全身裹着厚厚的衣服
在火堆上支起锅
满头大汗熬制毒液
毒液熬好了
在老族长指挥下
他们把箭头
分批放进毒液里浸湿
再放到特制的篾席上晾干
第一批毒箭做好了
第一支毒箭
射在了一头
偷吃苞谷的野猪屁股上
野猪很快死了

第二支毒箭
射在了每天来苦荞地打滚的
老熊臂膀上
老熊当场毙命
第三支毒箭
射在了咬死老母猪的
豹子的肚子上
豹子没有跑出五步就倒下
毒箭的威力
被一次次证实
苦聪人终于能保护自己
在西隆山稳住了脚跟

为了纪念老族长
缅怀他的功绩
李干斗不止一次听到
住在树洞里的女巫莫奔
骑在树杈上
面对悠悠历史

用情献歌一首——
慈祥的老族长啊
智慧的老族长
您是厄莎的化身
您是神的仆人
您让大树枝叶茂盛
您让苦聪子孙繁衍
当喜鹊飞临简陋的村舍
我又想起您无量的恩德
让山泉带去我的思念
让白云带去我的祈望
愿您天上安好
愿您英名永存

四、猎手的劫数

我在歌颂毒箭的时候
也许也在歌颂杀戮
我在歌颂猎手的时候
可能也在歌颂血腥
当人类占据了动物的园地
却义正词严地说保卫自己
当动物被步步紧逼
不得已悍然反击时
我们却哭天抢地
仿佛真的被厄莎遗弃
然而，当世世代代猎手
遭遇一个不解的劫数
当西隆山的毒箭
不断指向猎手的心脏
毫无疑问，大自然

在告诉我们
这世间的一些奥秘
——作者手记

自从发现毒源
学会制作毒箭以后
苦聪人仿佛
一夜之间变得强大了
强大得就像
可以征服整个西隆山
甚至可以征服
整个自然界
他们不再害怕野兽
不再因为
人生的渺小与无常
而深感卑微和无助
他们的毒箭
不再仅仅是
防御的工具

而是变成了
向野生动物界
进军的利器
他们不再仅仅
为了生存而斗争
而且开始感觉到了
财富的美妙
和荣誉的辉煌
于是猎手出现
他们用器械说话
用机关和陷阱说话
不断探索
向森林索取的奥秘
他们也会被
大自然算计
会被无处不在的
神秘力量收拾
在某一个夜间
或者黎明，在

周密的计划里
意外失手
遗恨千古
其实这一切
都是厄莎的安排
其实这一切都是
世界上的猎手
命中注定的劫数

1

作为猎手，簸
在苦聪山上
具有很高知名度
以及威慑力
野兽听到他的名字
都跑得远远
可说闻“簸”而逃
簸个性鲜明
珍惜猎手的荣誉

且惜名如金
他的藤篾背袋
从来没有沾染
动物的鲜血
因为他从来不打
野兔、飞鸟之类小动物
就连苦聪人公认
机灵异常的松鼠
他也不屑一顾
他的目标永远是
四条腿的大型动物
比如野猪
比如老熊
比如豹子
又比如老虎
他是个自信的猎手
擅长制作
各种捕猎器械
尤其善于设陷阱

和设计机关捕猎
有时两三天
不吃不喝在山上
设计和实验机关
直至感觉灵敏度
和命中率满意
才会背着挖好的山药
回到蕉叶棚
吃饱喝足
躺在干草堆上睡几天
醒来，盯着矮矮的棚顶
想哪一道山谷
会有动物出没
按内心指示的方向
上山。在黄昏
斑驳的光影里
布好了机关
并在周围做好标记
告诉人们机关的所在

夜幕降临
野兽开始散步
当它碰到
那条隐秘的藤子
意料之外的毒箭
从天而降的毒箭
无中生有的毒箭
就会精准地
射中它的脖子
簸从未有过
怀疑自己的习惯
他坚信自己
精心布置的机关
不会轻易扑空
第二天清晨
他让卡里的男人
到指定地点抬猎物
他们也从未怀疑过
他说的话

总是兴高采烈地
邀约五六七八人前去
把猎获动物的四肢
用藤子拴在一起
砍一根木头穿过去
猎物挂在木头中央
中午，猎物回卡
全寨人高高兴兴
一起吃，有时吃几天
直到全部吃完
熊掌、虎皮之类
归给猎主——籔
卡里的人已记不清
他们吃了多少籔的猎物
也无法弄明白
籔究竟拿了多少
鹿茸、虎皮、熊掌
籔把他们放在
者米河边

或者茨通坝的大路口[1]
总是能换到
很多的大米
和大量金属物件
——这些都是
财富和地位的象征
簸因而成为
卡里一言九鼎之人
直到发生了一件
不可思议的事件
这一切化为了泡影
连续几天，人们
都没有见到簸
起初人们以为
他又跑到山上
废寝忘食研制新的机关
就在这时，人们
听见簸的猎狗
在卡里哀号

①者米河，一条流经西隆山脚的河流；茨通坝，位于西隆山脚的一个傣族寨子。

对着每一个男人
低声号叫
像是在哀求
男人们跟着猎狗
来到很远的森林
看到一个已经做好
还没有安上毒箭的机关
机关的旁边
躺着簸的躯体
很明显已经死去
因为躯体的一半
（从头到脚
整整齐齐地一分为二）
被猛兽吃了
只剩下白白的骨架
另一半却出奇完好
一半长长的头发
一只眼睛
一半鼻子

一半嘴唇
一只完整的手
一条完整的腿
一半完整的身子
就像被木匠的墨斗
打出的线条
人们都知道
这是西隆山的老虎
吃人的方法
从簸的躯体
到不远处小溪之间
有老虎来回走动的脚印
那是在吃人过程中
老虎不断喝水往返的
这显然是一只
有预谋的老虎
大自然派来的杀手
替天行道，替
所有动物报仇

人们恐惧万分
匆匆用木棍
挖了一个坑
就地草草安葬了簸
急急赶回卡里
从那以后很长时间
人们不敢轻易上山
一个历经时年
在动物身上建立起来的
神话，一夜之间
被动物轻轻毁灭

2

扎时年三十八岁
三年前，妻子
上山粗心大意
碰到了别人的机关
身中毒箭而亡

此后卡里商议狩猎事宜
总是集中在
他的蕉叶棚下
不知不觉中，扎
获得了“猎长”的美誉
苦聪山上的人说
茨通坝子有里长
苦聪卡里有猎长
每年冬春时节
他组织卡里的男人
和所有猎狗围猎
每一次都有不小的收获
唯一的意外，发生在
那一年的春天里
那一年，草木葱葱发绿
冬眠的蟒蛇和老熊
还有癞蛤蟆和蚯蚓
都已经悄悄醒来
公麂子和母麂子

开始发情，躲在
树林深处嗷嗷呼唤
扎召集男人们围猎
几个精壮的男子
带着弩箭，守住
动物必经的隘口
其他人，包括
十岁左右的男孩
和所有猎狗
从另一座山
往隘口方向围
啷、啷、啷、啷
敲响手中的竹节
呼、呼、呼、呼
扯开嗓子使劲喊
汪、汪、汪、汪
猎狗也不能闲着
山上的动物如临大敌
纷纷往没有人声的方向

逃跑。满山满谷回荡着
敲打竹节的声音
猎狗狂吠的声音
人们奋力呼喊的声音
蹲守在隘口的射手
把自己隐蔽好
睁大眼睛四处搜寻
慌慌张张经过的猎物
其中一个二十岁小伙子
名字叫瓦叭
第一次担任射手
感觉自己已经成长为
一个顶天立地的汉子
同时，一股莫名的恐慌
从内心深处升起，升起
弥漫在整个森林
他的心怦怦跳着
就在此时，就在此刻
他看见远处的草丛里

有一头橘红色的麂子
在动。草也在动
隐隐约约的麂子
橘红色的麂子，在动
瓦叭心花怒放
证明自己成长的机会
就在不经意间到来
他的成人礼
就在森林深处开始
他的心怦怦乱跳
他的心跳得那么厉害
像一只野兔
在胸腔里上蹿下跳
他的弩已悄悄上好了弦
他的毒箭
已经放在了弩槽上
他已经闭上左眼
他的箭头已经对准
橘红色的物体

他右手的食指
扣动了扳机
“镖”——
弩的响声还没有消散
对面“哎哟”一声尖叫
这声音穿过了树叶
穿过了竹子叶
穿过了宽宽的野姜叶
在整个森林回荡
对面的猎狗
停止了狂吠
对面的竹节
不再啷啷作响
对面的人
不再吆喝
空气停止了流动
溪水也没有哗哗流淌
世界凝固了。然后
然后是瓦叭的凄惨哭声

比野兽的声音更大的哭声
倾诉着那崩溃的灵魂
他无论如何没有想到
他的成人礼
竟是这般阴差阳错
他的成人礼
竟是一场生死离别
人们渐渐围拢过来
看见扎已中箭身亡
李干斗以小小的围猎者身份
在他的童年时代
亲身经历了这一事件
更让李干斗
深感震惊和不安的是
多年以后，当
瓦叭逐渐从内心
深深的愧疚中走出
正在成为一个
声誉日隆的猎手

几乎与扎的辞世方式
一模一样。在围猎中
丧生于同伴之手
不同的是
瓦叭身中的是
猎枪的独头子弹
而不是毒箭
李干斗再一次
见证了残酷的一幕
瓦叭像一头
饮弹的猎物
在痛苦的挣扎中
慢慢死去
一个如日中天的猎手
抵不住一颗
花生米一样的弹头
一群自作聪明的人类
敌不过山神
随手的一个反击

这是猎手的劫数
也是人类的悲哀
李干斗无论如何
也想不明白
其中包含了
怎样深奥的道理

3

李干斗的祖父扎妥
用一整头麂子干巴
和一背箩名贵药材
从瑶族朋友那里
换来了苦聪山上
第一杆猎枪
这是一杆火药枪
也叫燧发枪
用燧石击打金属片
引燃火药开枪

燧石就是很多年前
李干斗的曾祖父
用八只松鼠干巴
换来的那种打火石
如今也可以用来打枪
火药枪的枪机
由主板、鸟嘴、弹簧
和一块大约一百度
弯曲的铁片构成
打火石固定在鸟嘴上
枪管底部打一个洞
使枪管里的火药
与枪机主板上的火药相连
射击时，扳起鸟嘴和铁片
扣动扳机，让鸟嘴上的
打火石击打铁片
火星引燃主板上的火药
枪响鸟落
这杆威力巨大的火药枪

没有一个成年人高
它甚至没有枪托
只有一个短短的手柄
瞄准的时候
右手握住手柄
举到右眼下面
右手拇指背
抵住右颧骨下端
伸出右食指
就可以扣动扳机
开枪时，火药的反弹
也会随着拇指背一滑
对人没有什么伤害
看起来这样的设计
也是非常实用
自从有了火药枪
苦聪山上的人
就开始捣鼓着
制作火药

他们在瑶族铁匠那里
学到了制作方法
男人们把蕉叶棚里
老母猪睡觉位置
和屋外人经常解手地方的土
全部挖出来
兑上水，用棕皮
滤在一口大锅里
烧起大火，在那棵
高大的万年青树下
烟熏火燎地
连续煮了几天
熬出制作火药所需的硝
熬出的硝晒干后
用木碓捣成粉末
与从瑶族铁匠那里
换来的硫黄混合
再用信曼树烧成的火炭[1]
磨碎兑成黑火药

① 信曼，哈尼语树名。

那几天，苦聪山上
前来参观火药枪
以及火药制作过程的人
络绎不绝。他们
随手拿来的信曼树
在门口堆成了山
李干斗的奶奶
就用那些木头
烧火取暖、烹制食物
李干斗的叔叔
在碓口粉火药
操作不当而爆炸
被推出去五米多
被喷得全身漆黑
尽管李干斗的奶奶
把她认识的草药
全部涂个遍
叔叔脸上的伤情
一年以后才见好转

李干斗的祖父扎妥
自从有了猎枪
就再也不碰弩箭
就像一个小孩
得到心爱的玩具
他整天枪不离手
只差睡觉没有抱着它
当然，男人们
羡慕和崇敬的目光
更让他有一种
从未有过的满足感
当李干斗回忆往事
想起他的祖父扎妥
总是有一种喜剧感
总是有一种距离感
仿佛那是几百年前的事件
作为猎手，扎妥
并不是一个挑剔的人
天上飞的

地上跑的
洞里钻的
水里游的
只要是肉
他都会下手
他曾经用阿嫩[1]
沾过旱谷地里的小鸟
也用扣子支过
草丛里的箐鸡
用山上的毒藤
闹过河里的鱼
用特制的木夹
逮过地里的老鼠
当然，也用弩箭
射过野猪和老熊
更是用机关和陷阱
征服过更加凶猛的动物
如今他手上的猎枪
更让他如虎添翼

① 阿嫩，哈尼语，一种寄生植物，其果可以取出一种黏性很大的东西，裹在木棍上可以捕捉鸟类。

更让他得心应手

就在他踌躇满志

大展一番狩猎宏图

一个不幸的消息

风一样传到卡里

一个男人背着一个

浑身是血的人回来

说身边还有一支

被老熊咬断的猎枪

李干斗的奶奶仔细辨认

确认这个面目全非的人

正是李干斗的祖父扎妥

李干斗的奶奶哭着喊着

摸摸脉搏摸摸心脏

尚有一丝气息

赶紧背回自家的蕉叶棚

她把自己认识的所有草药

都敷了个遍

一年以后，扎妥

伤情好转，只是
一只耳朵不在了
一只眼睛永远闭不上
下嘴唇缺了一块肉
露着牙齿，口水
不断从缺口处流下
说话口齿不清
李干斗奶奶，只好
不断向人翻译他的意思
虽然还能蹒跚着上山
但再也不往森林深处走去
那支有着精致手柄
和灵敏燧石的猎枪
不知所终。一年前
那支猎枪还打死过
一只豹子。那是一只
中了他的朋友扎约
布下的机关的豹子
扎约说他发现了

豹子的踪迹，并
布下了机关
八九不离十，他说
肯定中了。他邀约
四个人前去查看
五个人到了目的地
扎约伸出手
想要指点布机关之地
没有来得及说话
一只受伤的豹子从高处
一纵跳下来，不偏不倚
扑倒了走在正中间的
机关的主人扎约
咬住了扎约的脖子
大家都吓傻了
一时不知道怎么办
扎妥愣了十秒钟
突然想起自己手里有枪
于是，近距离

对着豹子的头
枪响，豹子四脚朝天
扎约的脖子被咬断
扎约和豹子都死了
扎妥看见
扎约的眼睛睁得好大
若有所思地看着
树叶缝隙里
湛蓝湛蓝的天空

五、一个时代的背影

当李干斗回忆往事
七十年岁月
就像一阵风
拂面而来
从现实到记忆
从过去到眼前
他老迈的双腿
行走在苦聪新村
崭新的水泥路面
感觉全身充满力量
内心明亮而温暖

西隆山最英俊的少男
少女们睡梦中的主角
让满山的动物

闻风丧胆的猎手
他出生在草丛里
用野芭蕉叶包裹身体
他吃着山药和野菜长大
浑身散发着芳草的气息
他比猴子更机灵
他比狗熊更矫健
他是天神的孩子
他的名字叫李干斗

铜色皮肤的少年
夜夜让少女失眠
他却从不为爱情烦恼
因为爱情
还没有走进他的心田
他在为生活犯愁
生活是一座
高高的山峰
布满荆棘

和悬崖峭壁
面对生活这座高山
人们满脸忧伤
有时猎获一头岩羊或野猪
他们举寨狂欢
烂醉如泥，直到
把所有食物吃完喝尽
有时，几天没有进食
他们在芭蕉叶的棚子里
烤火或者发呆
躺在路边的草丛里
看着空旷的远山
阳光灿烂，天空湛蓝
他们的身体和灵魂
在被人遗忘的深山
煎熬

七十年前的一天
苦聪少年李干斗

受饥饿和责任的驱使
带着几张兽皮
拿着形影不离的
锋利的竹枪
赤身裸体地
一路飞奔下山
像一只老鼠
躲避沿路的行人
来到者米河边的大路上
在河边，他
采来几片大大的树叶
用绳子系在腰上
遮挡自己的臀部
他仔细观察路口
在没有行人的时候
迅速把兽皮放在
路口的石头上
随即离开大路
躲在不远处

一棵大树上
屏住呼吸察看
路上的动静
希望像往常
换半袋白米
或一袋盐巴
抑或一两件
破烂的衣服
李干斗在树上
手里握紧了竹枪
眼睛死死盯着路口
要是有人
拿走了他的兽皮
而没有留下
交换的物品
他就以自己的方式
维护自己的利益
这是一直以来
苦聪人的交易形式

一直以来
人们各得其所
相安无事

夏天的悲凉之处
在于它的哀鸿遍地
饥饿四野。于此
青黄不接的季节
半山的哈尼人、阿鲁人、姆基人[1]
到河坝的傣家借粮
此时，李干斗看见
几个背着粮食的哈尼人
大汗淋漓路过
看到兽皮稍稍犹豫
回头坚定地走了
李干斗心中一凉
饥饿遍布全身
踩着树枝的脚
顿感无力

①阿噜人、姆基人，当地少数民族，均为彝族支系。

差点掉下树去
他知道，这个季节
手握余粮的也只有
一年两熟的河坝傣族了
深山老林的苦聪人
一年四季都是夏天
永远是青黄不接
永远是吃了上顿愁下顿
就像住在树洞里的女巫莫奔
独自对着山头
忧郁地吟唱的歌
“小鸟有草做的窝
老鼠有土里的洞
白天我的身无处安放
晚上我的梦无处躲藏
蚯蚓可以吃土长大
竹鼠有锋利的牙齿啃树根
我是一个苦命的人
每天睁开眼睛

看不见一粒粮食”

时间过去很久
河谷的热气
一点一点
吞噬着李干斗
他浑身冒汗
在树上昏昏欲睡
而路边的兽皮
安然躺在那里
没有人把它换走
此刻，他听到
一条河流喧嚣的声音
由北向南传来
骏马嘶鸣的声音
马蹄叩击石板的声音
他把耳朵贴在树干上
屏住呼吸，细细倾听
还有无数脚步声

隐约传来
河流的声音
越来越近，越来越近
那是一个巨大的声音
他从来没有听到过的声音
他感到前所未有的恐惧
心，像一只
关在笼子里的鹌鹑
噗噗乱跳
这陌生的声音
越来越近，越来越近
像河水漫过来
漫过来

这条与者米河平行的
千年马帮古道
向南通向国外
李干斗抱着树干
一动不动

为了减少人类的气息
嘴里咬着一把树叶
一只松鼠窜过
他头顶的树枝
一支行进的军队
闯入了他的视野
绿色的河水
沿着古道
漫过来，漫过来
红色的者米河
由南向北
绿色的人的河
由北向南
少数军官骑在马背
面无表情
少数家眷坐上滑竿
面容沮丧
密密麻麻的士兵
光脚行走

墨绿色的钢盔
阳光下反射着
暗淡的光
一支疲惫的军队
意志
在每一个士兵的心中
溃丧

多年以后
李干斗恍然明白
那是一支
逃向异国的军队
那是一个时代
渐行渐远的背影
多年以后
人们渐渐明白
住在山洞里的女巫莫奔
独自面对群山
吟唱的歌谣

“总有一天
阳光照耀每一寸山梁
总有一天
人人都是土地的首长
总有一天
房屋会自己生长
总有一天
粮食从天而降
总有一天
生活比所有的神话
更加精彩和明亮”

六、解放军遭遇“野人”

七名解放军战士
背着六天五夜的干粮
荷枪实弹，行走在
森林茂密的西隆山
此行他们奉命
寻找 42 号界碑
国家内忧外患
连年的战争
使安全稳固的南部边境
多年游离于视线之外
如今全国解放
国家安定下来
虽然工农业生产百废待兴
边防巩固的大事
也绝不能掉以轻心

部队首长指示——
不管山有多高
草有多深，不管
有多大危险
一定要全力以赴
找到 42 号界碑
维护国家安全
和领土完整。另外
谨防敌对势力残余
潜藏深山老林
危害国家危害人民
注意：无论遇到猛兽
还是不明身份的人
只要不危及生命安全
在分不清敌我矛盾
还是人民内部矛盾之前
不许轻易开枪……
“报告班长，前方有蛇！”
走在前面的战士说

"停止前进！"

尹子强命令，并

上前查看情况

只见一条眼镜蛇

盘在小路中间

见到他们靠近

半个身子竖了起来

还发出呼呼的喘息声

尹子强半蹲在地上

做了一个后退的手势

战士们向后退了十多米

"绕道前进！""是！"

尹子强带领战士

穿过细竹林，从

眼镜蛇上方绕了过去

第一天的行程

有猴子的陪伴

有蚂蟥的骚扰

有毒蛇的阻拦

有野熊的惊吓
终究还算顺利
晚上，在一个
比较开阔的地方住下
四周烧起烈火
第二天要赶的路
已经没有路
他们爬悬崖、滚山坡
钻刺竹林、过独木桥
经历了暴风雨
目睹远处的大树
被雷电劈成两半
惊扰了野蜂窝
被嗡嗡追着跑
经过一棵大树下时
更离奇的事情发生了
前面的战士，看见
一只松鼠从树上掉下
身上还插着竹箭

战士往树上一看
一个全身赤裸
皮肤黝黑、头发长长的人
迅速跳到隔壁的树上
连续向下攀着几根树枝
轻松落地，飞快地
向前跑去。战士们
本能地上膛举枪瞄准
“不许开枪！”
尹子强命令道
他想起了首长指示
“野人，是野人”
一个战士说
“是野人，真的是野人”
大家你一言我一语
他们一路加强警戒
到达宿营地，更加
小心翼翼度过了一夜
天刚亮，尹子强查看地图

离资料记载的 42 号界碑
还有很远的距离
队伍集合完毕
尹子强带领战士们
喊起了口号
“毛主席教导我们”
“下定决心
不怕牺牲
排除万难
去争取胜利！”
部队继续行军
至正午，进入一片
相对平缓的地带
这里的树枝繁叶茂
遮天蔽日，阴森恐怖
抬头望天，就像
在冬夜的旷野中
只看得见几颗
星星一样的光点

他们一路行进
一路做着记号
心里有些毛骨悚然
尹子强带头喊起口号
那整齐划一的声音
在树林里回荡
他们继续行进
一个半小时以后
他们发现回到了
他们曾经走过的地方
又走了一个半小时
他们再次回到了
同一个地点
做上了第三个记号
尹子强感到奇怪
难道误入了大自然的迷魂阵
他们继续喊着口号前行
一路看到的都是
有着两个记号的大小树木

尹子强心里有些发慌
虽然表面看起来很镇定
他越来越没有底
越来越感觉进入了
传说中大森林的迷魂阵
就在他感到有些绝望
有些束手无策之际
昨天偶遇的“野人”
出现在他们视野中
与昨天不同的是
今天他的臀部
围了一圈树叶的短裙
“野人”在前面
弄出了一个声响
让战士们注意到了他
“不许开枪”
尹子强再次命令
“悄悄追踪他”
“野人”在前面

不远不近

若隐若现

他们在后面

屏住呼吸

尽量隐蔽

追踪半小时以后

树林里光线

越来越强

他们内心里

也越来越明亮

很快到达西隆山主峰

这时目标已经跟丢

他们四处搜寻

仍不见“野人”的踪迹

尹子强打开地图查看

根据资料记载

42 号界碑的位置

就在这一带

“集合，报数”

“一二三四五六”
“全体都有
我命令，在山顶上
搜索 42 号界碑
不许放过任何角落”
战士们在比人高的草丛里
奋力寻找界碑
那是一种叫作尖刀草的植物
它们长了枯
枯了又长
一年复一年
那是被时间遗弃的草
那是被时代遗忘的草
生生死死
无人惦记
就像这块界碑
曾经被国家忘记
曾经被国人淡漠
一个混乱的祖国

顾不上主权
一个黑暗的时代
顾不上边疆
战士们从厚厚的草丛里
找到了 42 号界碑
大大的“中国”二字
依然清晰可见
他们在碑前敬礼
他们在碑前宣誓
这时祖国醒了
她在西隆山上
看到了悲苦的人民
她在九百六十万平方公里的土地上
看到了希望的曙光
“报告首长
42 号界碑已经找到”
尹子强和战友们
光荣完成了任务
“报告首长

我们在西隆山发现了‘野人’
是‘野人’带着我们找到界碑”
自此，部队投入大量兵力
寻找西隆山上的“野人”
谱写了军民融合的传世篇章

七、寻找苦聪人

“野人”事件继续发酵
军分区首长高度重视
向上级军事机关汇报
并获得明确指示——
一是地毯式排查西隆山
查清是否有敌人残部潜藏
二是依靠当地百姓
查清“野人”真相
确保西隆山一带
人民群众生产生活安全

尹子强随大部队
再次进入西隆山
搜查中他们发现
在西隆山腹地

每隔三五里
就有三五个蕉叶棚
他们进去棚子
里面有人类生活的痕迹
有的火塘
还在冒着烟火
当地哈尼族猎人说
西隆山上
生活着一些
叫作苦聪的人
他们没有衣服
很少种植粮食
靠打猎和采摘野果
挖山药、芭蕉根为生
他们用野兽干巴
和药材，与山下人
在大路边交换
盐巴、衣服和金属工具
他们从来不露面

不知道躲在哪里
等到人走远
他们出来，迅速
把换到的东西拿走
因为从来不见他们
穿衣服，山下的人
也分辨不出他们
是什么民族
他们总是躲避
不仅仅是害怕
最主要的是
他们没有衣服
听说附近的人
如果脱了衣服
进去他们卡里
也会受到热情接待
拿出珍藏的旱谷酒
共同开怀畅饮
他们奉行平均主义

围猎的时候
要是有猎物收获
猎狗、猎枪和过路人
都要分一份
军分区首长获知情况
成立了解放军“民族工作队”
与地方的“苦聪人访问团”
协同开展工作

李干斗躲在树上
看到很多解放军
在卡里找人
他们弯腰进出蕉叶棚
向一个穿着
四个口袋军装的人
报告情况
他看到了尹子强
那天几个解放军战士
在西隆山迷路

是他把他们引出“迷魂阵”
并带到 42 号界碑处
那是李干斗第一次
见到解放军
他不知道什么是解放军
只是看着他们不像坏人
才帮助他们。今天
一大群穿绿衣服
戴着红色五角星的人
来到了他们卡里
他们到底要干什么
会不会是来抓他的
其中一个
穿着黑色衣裤
打着黑色包头
大大的裤裆
李干斗认识他
他是牛龙寨的哈尼人
一个老猎人的儿子

名字叫高正学
前几年听说在外面读书
李干斗家和牛龙寨的猎人
平时也有一些交往
他和高正学也是从小熟识
此刻高正学正对着
李干斗家蕉叶棚喊
李干斗、李干斗
看到高正学大哥
李干斗的警惕
放松了一半
李干斗、李干斗
你们快出来，他们是
共产党派来的解放军同志
是来帮助你们的
听到这里，李干斗
在树上应了一声
人们目光齐齐地
往树上看

树上枝叶晃动
却不见人影
人们再仔细搜寻树上
但见人已在面前
一个清瘦的少年
树叶扎腰
头发很长，用藤子
头上箍了一圈
英俊的脸庞花里胡哨
右手握住金黄色的竹标枪
左手拿着弩
腰间挂着箭筒
皮肤上布满皱褶
像水冬瓜的树皮
看见尹子强
他木讷地一笑
“是你？”尹子强既惊又喜
“那天是你帮了我们
非常感谢你！”

尹子强伸出右手
李干斗不知所措
没有伸出手
只是憨憨地笑
看看这个，看看那个
他听不懂汉语
只能听懂一部分哈尼语
通过高正学翻译
李干斗搞清楚了
解放军前来的目的
是全面了解苦聪人情况
他向解放军介绍
西隆山上苦聪人的生活
他左算右算
怎么也算不清楚
山上到底有多少苦聪人
解放军从蕉叶棚下
从山洞里
从树洞里

找出几百户

二千一百七十七人

二千多人，他们

没有盐巴

没有衣服

没有粮食

正如山洞里的女巫莫奔

在黑夜里唱的歌——

只要有一点点盐巴

星星能够发出热光

只要有一小片衣裳

深夜里洒下来的霜

就不会停留在心上……

李干斗再一次

见到尹子强的时候

解放军的马帮

给苦聪人驮来了

盐巴、布匹、大米

还有崭新的锄头

以及有着钢火印的砍刀

还有许多他们没有见过的东西

一样一样分到每家每户

解放军浩浩荡荡的马帮

开进西隆山上

踩死了多少蚂蟥啊

他心里一高兴

拿出珍藏了半年的旱谷酒

每人倒满一竹节碗

但是解放军没人喝酒

他们说解放军战士

不拿群众一针一线

说着便唱起了歌

“革命军人个个要牢记

三大纪律八项注意……”

尹子强眺望莽莽西隆山

心里感慨万千——

西隆山啊西隆山
你没有窝藏阶级敌人
没有包庇土匪残余
却把我们的兄弟隐藏
让他们食不果腹
让他们衣不遮体
让他们吃苦受累
祖国啊，您什么时候
把苦聪同胞
遗忘在与世隔绝的深山
人类啊，您什么时候
把苦聪兄弟
抛弃在缺衣少食的老林
如今共产党来了
如今新中国成立
一个为人民服务的政党
不会让一个民族
遭受欺凌
遭受委屈

苦聪兄弟们
春天来到了
太阳出来了
你们都醒来吧
人民解放军
来接你们了……

做了一次又一次调研
开了一次又一次会议
下了一个又一个文件
共产党和人民政府
决定发扬自力更生
艰苦奋斗的精神
团结和动员各族各界群众
帮助苦聪人脱离苦海
让他们搬出深山老林
让他们定居定耕
让他们有饭吃有衣穿
让他们有房住有学上

让他们过上新的生活

让他们拥有幸福日子

八、生机勃勃的苦聪新村

帮助苦聪人定居定耕
让他们过上幸福生活
是各民族光荣而艰巨的任务
河坝的傣族
半山的哈尼族
山脚的彝族
沟边的壮族
森林边的瑶族
把最肥沃的土地
让给苦聪人
把最充裕的水源
让给苦聪人
把最壮实的树木
让给苦聪人
党和人民政府

在河坝最平坦的土地上
规划了崭新的寨子
——苦聪新村
县委派来了苦聪人访问团
团长姓高名正学
哈尼族人氏
带领很多队员
负责项目的实施

扔一个鸡蛋
来选新的寨址[1]
鸡蛋在河坝
最平坦的土地上烂了
就在河坝最平坦的地方
建起新的寨子

①扔鸡蛋是苦聪人的选址方式。

请身体结实的彝族人民
来帮他们筑土墙吧
请森林边的瑶族人民
来帮他们抬木头吧
请有能工巧匠的傣族人民
来帮他们立柱子吧
请盖着蘑菇房的哈尼人民
来帮他们搭起茅屋顶吧
请高明的哈尼莫批[1]
来帮他们种下龙树吧
好在的房子盖好了
安全稳固，冬暖夏凉
好看的房子盖好了
土墙茅顶，整齐划一
神圣的龙树种好了
就在寨子上面的龙树林
新的寨子建好了
一共九十九户
能够容纳三四百人

① 莫批，哈尼族宗教和文化传承人。

受苦受难的苦聪兄弟啊
请带着祖先的神牌
带着听话的老母猪
背着你们的背篓
来吧，来吧
来了就再也不走了

好在的房子盖好了
好看的房子盖好了
神圣的龙树种好了
崭新的寨子建好了
可是寨子里
没有清澈的饮用水
可是家门口
没有高高的柴垛
可是家里面
没有白花花的大米
请沟边的壮族
帮他们引来

清澈甘甜的水吧
请山脚的彝族
帮他们砍来
好烧的柴火吧
请河坝的傣族
给他们背来
白花花的大米吧
还有元阳、红河、绿春
和金平的哈尼族
你们是耕种梯田的能手
虽然路途遥远
走几天几夜
为了民族大团结
为了帮助苦聪兄弟
请帮他们背来
白花花的大米吧
寨子里有了
清澈甘甜的泉水
家门口有了

高高的柴垛
家里面有了
白花花的大米
受苦受难的苦聪兄弟啊
请带着祖先的神牌
带着听话的老母猪
背着你们的背篓
来吧，来吧
来了就再也不走了

解放军民族工作队
和地方政府的苦聪人访问团
带着马帮，带着
食物和生活用品
带着党和人民政府的关怀
带着各族人民的友谊
再一次开进了西隆山
开进了深山老林
他们爬过高高的山峰

他们蹚过深深的河流
不知流了多少汗水
不知被蚂蟥咬过几口
来到零零星星的苦聪卡里
苦聪同胞有的还害怕
跑到山洞或树上躲避
有的高高兴兴，迎接
解放军和苦聪人访问团
少年李干斗再一次惊喜地
见到了尹子强和高正学
心里想着这么多人马
不知道又踩死了多少蚂蟥
他们经过多次的接触
已经成为互相牵挂的朋友
李干斗听尹子强
和高正学团长讲过
这个世界很大很大
有很多很多国家
有不同肤色的人

我们现在共产党执政
成立了新中国
各民族一律平等
各民族紧紧团结在一起
互相学习取长补短
共同进步共同发展
苦聪人也要进步发展
要昂首挺胸地
走在社会主义大道上
不能永远居住在深山老林
不能永远刀耕火种
李干斗向往山下的生活
想跟马帮一起
走更远的路
看更大的世界
他愿意跟着解放军
跟着苦聪人访问团
到山下定居定耕
还有一些人

也愿意跟他一起
搬迁到苦聪新村
浩浩荡荡的下山队伍
不知踩死了多少蚂蟥
受苦受难的苦聪兄弟啊
带着祖先的神牌
带着听话的母猪
背着他们的背篓
来了，来了
来了就再也不走了

好在的房子盖好了
好看的房子盖好了
神圣的龙树种好了
崭新的寨子建好了
神圣的龙树种在了寨子后
清清的山泉引到了寨子里
好烧的柴火堆满了家门口
白花花的大米放在了家里

多灾多难的苦聪人啊
已经搬进了苦聪新村
现在，苦聪人的新房里
差不多什么都有了
差不多什么都不缺了
可是以后怎么办
苦聪人必须学会
自己解决温饱问题
高能的人民政府啊
帮助他们解决生产工具吧
于是，人民政府
发放布匹三百丈
发放锄头三百个
发放砍刀三百把
发放犁铧三十套
发放耕牛六十头
沟边的壮族啊
教他们开沟引水吧
河坝里的傣族啊

教他们开荒种地吧
梯田耕作能手哈尼族啊
教他们开山造田吧
梯田耕作能手哈尼族啊
教他们扶犁耙田吧
山脚下的彝族啊
教他们插秧薅秧吧
河坝里的傣族啊
教他们种香蕉栽甘蔗吧
河坝里的傣族啊
教他们收割入仓吧
苦聪人学会了种地
苦聪人学会了种田
高正学团长
和苦聪人访问团的同志
白天参加劳动搞生产
晚上教他们唱歌跳舞学文化
还要教他们洗脸刷牙搞卫生
年轻人李干斗

第一个学会了刷牙
就连住在山洞树洞里的
爱唱山歌的女巫莫奔
也有了一个自己的房子
她还学会了刷牙洗脸
面对生机勃勃的苦聪新村
面对闻所未闻的新鲜事物
她竟然无所适从
一时不知道
如何来歌颂

九、我们的汉族老师

多灾多难的苦聪兄弟啊
他们已经有了房子居住
他们学会了栽田种地
他们学会了洗脸刷牙
现在，他们需要学习文化
学习先进的生产生活知识
学习与外面的世界对接的方式
苦聪新村需要一所学校
苦聪新村需要一个老师
心中的学校啊你在哪里
尊敬的老师啊你在哪里
长期的深山老林生活
使他们远离了文化艺术
离群索居的日子
陌生了与人类的交往交融

对知识的饥渴，就像
蜜蜂对花朵的欲望
万能的厄莎啊
赐给他们一所学校吧
万能的厄莎啊
赐给他们一位老师吧

苦聪人是被厄莎忽略的孩子
他们最需要的时候出现的
是党和人民政府。厄莎
居住在天上，永远看不见
看得见摸得着的，是
我们的党和人民政府
看吧，高正学和苦聪人访问团
正在带领苦聪村民

挖地基、筑土墙、扛木头
还要砍竹子、割茅草
自力更生、艰苦奋斗
盖起了一座土墙草顶的学校
土墙草顶也能遮风挡雨
只是还没有上课的桌椅
高正学说：脱土坯
用土坯垫起木板
就成了上课的桌椅
现在，苦聪新村
什么都有了
就缺一个老师
高正学跑上跑下
请示汇报，终于
盼来了一个老师

老师姓陈名海鹏
一个清瘦清瘦的小伙子
来自文献名邦建水

跟着马帮走了几天几夜
才来到了苦聪新村
陈老师为人正派
性格随和。他背着
一堆课本来到村里
到有孩子的人家去
让孩子用右手
绕过头顶摸左耳
或者用左手
绕过头顶摸右耳
说手摸得到耳朵的
就可以来学校读书了
他感到最困难的事情
他在苦聪新村
基本上只听得懂
“陈老师”这句话
其他交流起来
他说的村民听不懂
村民说的他听不懂

他拿着课本和水果糖
在村里跑了几天
村民们都知道
陈老师来，就是
让小孩去读书
陈老师终于找来了
满满一屋子孩子
开始上课。他说
“同学们好”
学生跟着喊
“同学们好”
他说：“现在开始上课”
学生接着他说
“现在开始上课”
那整齐的童声虽然可爱
却让陈老师感觉很无奈
高正学告诉陈老师
在边疆少数民族地区
语言这一关不过

什么工作也开展不了
于是，陈海鹏每天
用笔记本记录苦聪语
晚上也拿出来学习
半年记了厚厚几本
语言的障碍已经消灭
陈老师成了半个苦聪人
他带领学生勤工俭学
种水稻、栽苞谷
他种菜的时候
用厕所的大粪施肥
一度让苦聪人难以适应
他把种出来的菜
比如白菜、莴笋、辣椒、西红柿
分给学生带回家去
家长们都说很好吃
后来全村人学陈老师种菜
苦聪新村的蔬菜
又多又好吃

还能拿到集市卖

我们的汉族老师
白天教孩子
晚上教大人
在生产队最忙碌的日子
他甚至到田地
利用农间休息
给苦聪同胞扫盲
年轻力壮的李干斗
就是这样学会了
简单的阅读和书写
就连从前住在山洞里的
善于歌唱的女巫莫奔
也学会了一些汉语和汉字
她甚至能够读出
刷在土墙上的标语，比如
“毛主席万岁”
“中国共产党万岁”

“抓革命，促生产”
“农业学大寨，工业学大庆”
从前住在山洞里的女巫莫奔
通过我们的汉族老师
知道了许多山外的事
面对簇新的村寨
面对层层的梯田
面对绿绿的庄稼
面对自坚固的茅草房
她曾发自内心地歌唱——
太阳啊你虽然明亮耀眼
没有毛主席的光辉温暖
月亮啊你虽然洁白无瑕
没有共产党的恩情暖心
我们的汉族老师啊
你是寨子里最英俊最高尚的人

苦聪新村的孩子一批一批长大
陈老师把一批一批孩子

送进中学、中专、大学
他亲手送走了
一个刻木记事的时代
有一天，天气晴朗
陈老师心情像秋天一样美丽
因为一个苦聪姑娘爱上了他
他也爱上了这个苦聪姑娘
陈老师的人生
就在西隆山下
开花结果

十、省委书记的礼物

经过几十年努力
党和人民政府
把长期生活在深山老林
过着原始生活的苦聪同胞
全部接了出来
在西隆山脚最肥沃的土地上
在者米河畔交通便利的地方
过上了定居定耕的生活
过上了自给自足的日子
他们的橡胶已经开割
他们的香蕉已经收成
他们的梯田一片一片
已经种植了丰产的杂交水稻
一部分苦聪人
粮食自给有余

有一定经济收入
一部分苦聪人
仍然不习惯
山下的生活
跑回深山老林
重新拿起弩箭
和火药枪
毁林开荒
捕食野生动物
拉祜族工作队
（县委后来成立的
苦聪人工作机构）
再次把他们接出来
他们又跑回去
反反复复，展开
长期的拉锯战

二十世纪末的一天
省委书记从媒体获悉

西隆山苦聪人的
生活水平还很低
人均有粮和人均收入
处于温饱线以下
他在昆明的办公室里
急得团团转，拿起笔
做了重要批示
秘书打了很多电话
世纪末夏日的一天
在暴雨滂沱中
省委书记从昆明出发
爬过九十九座山
跨过九十九条河
他带着州委书记
和县委书记
还有很多厅长、处长
汽车的轱辘
滚过五百零七公里
在黑暗中驶入了

金平苗族瑶族傣族自治县
者米拉祜族乡人民政府
夜，因雨的喧嚣
而显得更加寂静

第二天一大早
在乡政府食堂
简单吃过早餐
省委书记就要
进村入户。没有公路
再好的汽车也进不去
省委书记换上胶鞋
打起雨伞，带着
州委书记和厅长们
爬过几道坡
蹚过几条河
来到了一个村里
九十度弯腰
进入一个

土墙草顶的安居房
床上被子破旧、凌乱
猪、狗、鸡和人
都在一个房间里
他打开甑子
打开橱柜
甑子里是
苞谷和大米混合的饭
剩菜里没有一片肉
一群苍蝇“嗡”一声
从剩菜里飞起
他问村民
粮食收成多少
够不够吃
生病有没有钱医
有没有衣服穿
养了几头猪、几头牛、几只鸡
有没有种植橡胶、香蕉、草果
会不会刷牙洗脸

希望政府帮他们
解决哪些问题
有的说粮食够吃
有的说不够吃
每年都靠政府救济
有的说有衣服穿
有的说靠外面的人捐赠
生病基本不上医院
靠草药和猫公背玛治病[1]
有的说栽了香蕉橡胶
有的说栽了草果苞谷
有的说没有栽
因为土地不够
因为没有水
有的希望政府帮助
挖一条公路
有的要求修水沟
有的反映学校老师少
有的反映地里小偷多

①猫公背玛：指从事迷信活动的人。

他把村民召集到球场上
给大家开会，说——
拉祜族同胞们，你们好
我受党中央委派
代表省委、省政府
来看望大家
拉祜族同胞是我们
社会主义大家庭的一员
党中央和省委、省政府
非常重视你们
重视你们生产的发展
和生活的改善
刚才大家反映的问题
你们提出的要求
我都记住了，还有
州委书记、县委书记
厅长处长们都记住了
省、州、县党委和政府
会根据你们的实际情况

制定出切实可行的措施
帮助你们发展生产
改善生活。另外
我还想告诉大家
一定要注意卫生
村寨卫生
家庭卫生
个人卫生
都要引起我们的高度重视
猪、鸡、牛、羊、狗
要和人分开居住
剩饭剩菜要搁好盖好
不能让老鼠爬苍蝇叮
老鼠爬过苍蝇叮过后
人吃了就会生病。对了
大家生病了
一定要到医院去看
党和政府会制定政策
保证大家有病能医

不能光靠草药
更不能靠猫公背玛
优秀的民族传统文化
要继承和发扬光大
一些不健康的
甚至是迷信的文化
要敢于抛弃
下次我来看望大家
会带上一点小礼物
分给大家。谢谢大家

省委书记还去了
好几个苦聪寨子
也去了哈尼寨子、傣族寨子
第五天返回昆明
之后，省、州、县
来了很多领导
省里、州里、县里
开了很多会议

下了很多文件
其中一个省委、省政府的文件
《关于解决金平县者米拉祜族乡
贫困状况的调查报告》
和《未来五年的发展规划》
从居住条件的改善
到教育、水利、电力、交通
和医疗卫生等方面
对苦聪人五年内
生产生活的发展
做出了详尽的规划
后来被称为“155”工程
即一年解决一千人温饱
五年解决五千人温饱
省州县都派出工作队
来开展这一项工作
对苦聪人的帮助
又一次轰轰烈烈地展开

“155”工程进行了两年

省委书记再一次来到西隆山
他自己买了很多
牙刷、牙膏、香皂、肥皂
一小袋一小袋装好
送给他见到的苦聪群众
弯弯曲曲的公路
通到了寨子里
他坐车去到了苦聪新村
来到了李干斗家
砖墙瓦顶的第二代安居房里
六十八岁的李干斗
拉着烟筒，带着孙子
猪、牛、羊、鸡不在屋里
碗里有了肉
省委书记拉着李干斗的手
称赞他四十多年前
就学会了洗脸刷牙
了不起、了不起
问家里几口人
李干斗说：寨子里

推广了旱育稀植技术[1]
粮食产量大大提高
吃不完了、吃不完了
省委书记的脸上
露出满意的微笑
临走，拿出一小袋
牙刷、牙膏、肥皂
说是一点见面礼
请李干斗笑纳
还连说不成敬意、不成敬意
李干斗拉着省委书记的手
说感谢书记关心
感谢书记关心
感谢共产党关心
感谢人民政府关心
（四十多年后，李干斗
终于学会了握手
也学会了汉语
还曾参加过扫盲班

①旱育稀植：一种杂交水稻的种植技术。

学会写一些简单的汉字）
省委书记访问了
别的一些农户
视察了学校
看望了老师和学生
挥挥手向群众告别
坐车到别的村寨去了
李干斗内心的喜悦
还没有消散
回家途中看到
女巫莫奔住了四十年的房子
心里一阵惋惜
女巫莫奔十年前去世
享年七十岁
要是她还在世
肯定唱出更多的颂歌
表达苦聪人民的
感激和欣喜

十一、“两不愁三保障”的故事

时间过去了二十年
李干斗的第三代安居房
变成了别墅式的钢筋水泥房
八十八岁的老人
坐在家门口晒太阳
几年前，苦聪新村
进驻了一批工作队
大概有五六人
省、州、县都派了人
听说是脱贫攻坚驻村工作队
驻村工作队队长姓吴
也是村党总支第一书记
是个州里来的四十多岁的干部
吴队长召集村民开会
说中央决定在全国范围

开展脱贫攻坚工作
到 2020 年，中国政府
将向世界宣布——
中国人民已经全面脱离贫困
所以脱贫攻坚工作
是全党全国人民的一件大事
总书记要求
五级书记抓脱贫攻坚
就是说从总书记
到乡党委书记
都要把脱贫攻坚
作为头等大事来抓
所以从现在开始
广大村民要积极发展生产
努力增加家庭收入

搞好村寨和家庭卫生
脱贫的标准是“两不愁三保障”
就是不愁吃不愁穿
有安全稳固的房屋居住
小孩上学有保障
生病上医院不怕医不起病……
开完会，工作队员
分头进入每家每户
开展“户户清”工作
就是对每家每户的情况
进行详细的调查
种植香蕉、橡胶多少棵
收粮食多少袋
养猪几头、羊几只
家里多少人
有没有病人
谁在哪里打工
工资收入多少
房子好不好

取水方不方便
六至十六岁小孩
有没有不读书的
有没有小孩
读幼儿园或大学、中专
家庭成员近年是否住院
住院花销多少
报销了多少等等
全村排查完后
工作队从全村
一百二十九户中
确定三十二户
为建档立卡贫困户
每家都有省州县的干部
联系帮助他们
帮他们出主意、想办法
起初，挂帮干部
一年来两次
后来一季度一次

每次来带着一些被子啊
面条啊之类用具和食品
过年过节也给一点钱
现在一个月来一次
因为今年全县要脱贫摘帽
各级领导对脱贫攻坚抓得紧
有一次县委书记
路过苦聪新村
顺路来到李干斗家
他问县委书记
我家为什么不是建档立卡户
县委书记问家里多少人
他说七个人
两个八十多岁老人
儿子儿媳四十多岁
三个孙子，大孙子
和父亲在广东打工
一个人一个月可能挣二千元
儿媳妇在村子附近打零工

帮人背香蕉等
每个月能挣一千左右
两个小孙子
一个读初中一个读小学
儿媳妇还养两头猪
种七亩地，其中
三亩水稻四亩苞谷
还有六百株香蕉
县委书记仔细给他算了账
您儿子和大孙子打工
每年收入四万多
您儿媳附近打零工
也一年能挣一万多
六百株香蕉，每年
大约能收二万元
每亩地国家
有地力补贴六十四元一角
七亩地有四百四十八元一角
还有三亩梯田红米

县里每亩补助六百元
这里有一千八百元
还有国家给边境居民
每人每年沿边定补五百元
您家七口人共三千五百元
您二老的养老保险金
每年二千四百多元
这样算下来
您家的人均收入超过了一万元
您住的房子是钢筋水泥房
自来水也拉通了
全家人交了新农合医疗保险
医病也有保障
县委书记说，大爷
您家的生活过得很好了
已经达到“两不愁三保障”
这样的人家就不能
当建档立卡贫困户了
国家要做的事情是

让我们的每一个人
都有基本的生活
和教育、医疗等保障……
道理是这么一个道理
可是李干斗心里
还是难以释怀
大家都是农村人
条件都差不多一样
有些勤劳一点
生活好过一点
有些因为懒惰
不爱做活计
而过得差一些
国家却要区别对待
当然，有些人有些户
确实国家应该重点帮助
比如隔壁的杨老三家
他们夫妇七十多岁
而且杨老三瘫痪在床

只会吃不会动
儿子死了，儿媳跑了
两个孙子
一个读小学
一个读初中
全靠一个老太婆在忙活
这个家实在睁不开眼了
那天，李干斗找杨老三聊天
刚好乡党委书记
吴书记（队长）和村委会主任
一干人来找杨老三
带了一桶香油
一塑料袋面条
一袋米。乡党委书记
在墙角找了一支烟筒
给两位老人发了烟
自己吸着烟筒
询问了杨老三一些情况
乡党委书记对吴队长等说

杨老三家是我们的重点监测户
要随时关注他家情况
采取必要措施
他家这个收入水平
今年肯定是脱不了贫
只能社会兜底
我看先这样：把
空心砖石棉瓦住房
免费加固改造
提高安全性能
老太太年纪太大
不符合公益岗位条件
只能全户施保
全家四口都安排 A 类低保
另外，申请民政临时救助
同时，通知挂联干部
一是代交新农合医保
二是想想其他增加收入的办法……
站起身准备走

他又对着吴队长
和村委会主任说
你们一定要注意
对低收入户、大重病户
以及老人户、多人户的监测
一定不能出现问题
不能有漏评、错退现象
发现问题要赶紧补救
第三方来验收之前
要做好举证材料
另外，入村道路要铺装
村里街道和每家每户
入户道路都要硬化
你们赶紧做好项目库
报上来。对了
千万要抓紧
农危房的改造和新建……
吴队长和村委会主任一一记下
过了几天，李干斗看见

县里挂钩联系杨老三家的干部
提着一些吃的用的
又来杨老三家
这个干部来得勤
经常给杨老三家钱
一次杨老三大孙子
辍学跑出去打工
挂联干部亲自去广东
左说右说，硬是
把他带回来继续读书
要是女巫莫奔还在世
这个干部，以及很多干部
真的值得给他们
唱好多好多颂歌

十二、苦聪的孩子们

孩子们已经无法想象
他们祖先生活的模样

教室里窗明几净
几只小鸟在树上唧啾
一只松鼠在上下窜动
孩子们的眼里
它们仅仅是风景
甚至没有时间
顾及它们的存在
他们的手里
已经没有弩箭
没有了扣子
也不知道如何
在山上布机关

沉甸甸的书包
是孩子们
最亲密的朋友
老师说，地球是圆的
在地球的任何地方
都可以成为
世界的中心

自从中国的一个老人
在南海上画了一个圈
中国的每一个孩子
都梦想着飞翔
他们都长出了
天使般的翅膀
西隆山的孩子

也拍打着稚嫩的翅膀
飞呀，飞呀，飞呀
飞到了昆明
飞到了深圳
飞到了上海
飞到了北京
有的在读书
有的在打工
他们把自己的爱人
从不同的城市带回来
有广东广西的
有湖南湖北的
也有浙江江苏的
也有新疆内蒙古的
有汉族、苗族、傣族
有哈尼族、蒙古族、土家族
也有阿昌族、基诺族、瑶族
有的在大学当了教授
有的在县里当了局长

有的在外面当了老板
有的在村里
当了致富带头人
一个阳光灿烂的秋日
李干斗在外地当镇长的孙子
开车回家探望老人
带着山东来的孙媳
带着讲普通话的曾孙
带着浑身洋溢的
愉快心情，李干斗
突然觉得这是一场梦
世界变小了
人生如此美妙

每一个河谷和山峰
都布满了看不见的网
人们用一个手机
就能知道
世界上发生的事情

全球化进入
每一个家庭
工业化浪潮
席卷每一个村庄
从茹毛饮血
到把世界变成一个地球村
仅仅用了七十年

一个小伙子，在
广东佛山的出租房里
收到了一则
来自故乡的
抖音小视频
一个老人的葬礼
在村里隆重举行
他知道
西隆山最高寿的老人
去世了。李干斗先生
安详地远去

没有一丝遗憾
在临终空茫的目光里
充满了对当前时光的留恋
人们心里明白
有些时代将渐行渐远
只会在缥缈的传说里
留下难以捕捉的痕迹

老师说，地球是圆的
在地球的任何地方
都可以成为
世界的中心

2019 年 9 月 1 日

参考文献

[1]《拉祜族简史》编写组．拉祜族简史．北京：民族出版社，2008.

[2] 中共金平苗族瑶族傣族自治县委员会，金平苗族瑶族傣族自治县人民政府．历史在这里定格：金平苗族瑶族傣族自治县者米拉祜族（苦聪人）乡“155”扶贫工程纪实：内部资料．

[3] 昆明师范学院中文系一九五七级部分学生搜集，刘辉豪整理．牡帕密帕．昆明：云南人民出版社，1979.

[4] 思茅地区民族事务委员会，思茅地区文化局．拉祜族民间故事．昆明：云南人民出版社，1990.

[5] 王振明，王振荣．苦聪民间故事集．昆明：云南民族出版社，2003.

[6] 李向春．西隆山纪事 // 山茶，1999-5.

[7] 杨万智，赵昆艳，等著．王正云，审校．西隆密林的苦聪人：苦聪文化的碰撞与应变北京：中国书籍出版社，2006.

[8] 李正洪．苦聪山寨的第二个春天：金平县者米拉祜族“155”扶贫攻坚工程实施纪实 // 民族工作，1999-11.